12/00

P9-CJZ-791

DATE DUE

GAYLORD

CARSON CITY LIBRARY

EL REGALO
DE LOS REYES MAGOS

Título original: *The Gift of the Magi*
Traducción: Myriam Lantero González
Diseño de cubierta: Eugenia Alcorta / Virginia Ortiz
Diseño y maquetación de interiores: Virginia Ortiz

SEGUNDA EDICIÓN

© Verlag Neugebauer Press
Salzburgo, Austria
© 1994 EDICIONES GAVIOTA, S. L.
Manuel Tovar, 8
28034 MADRID (España)
ISBN: 84–392–8675–9

Depósito legal: LE. 1.494-1997
Printed in Spain – Impreso en España
Editorial Evergráficas, S. L.
Carretera León – La Coruña, km 5
LEÓN (España)

O. HENRY

EL REGALO DE LOS REYES MAGOS

Ilustraciones de
LISBETH ZWERGER

Ediciones Gaviota

Un dólar con ochenta y siete centavos. Eso era todo lo que tenía. Y para colmo, sesenta centavos estaban en calderilla. Era cuanto había podido conseguir ahorrando moneda a moneda, regateando al tendero, al frutero y al carnicero hasta enrojecer de vergüenza ante el mudo reproche de sus miradas. Della lo había contado ya tres veces. Un dólar con ochenta y siete centavos. Y al día siguiente era Navidad...

No había nada que hacer, salvo desplomarse sobre el destartalado catre y llorar. Y eso hizo Della; lo que nos invita a pensar que la vida está llena de sinsabores, sollozos, lloriqueos y sonrisas, pero sobre todo de llantos.

Mientras nuestra señora de la casa pasa del sollozo al llanto, echemos un vistazo a su hogar. Un piso amueblado de ocho dólares semanales. Aunque no se trata exactamente de una casa miserable, sí hubiera encajado con la

definición de la pobreza dada por un grupo de auxilio social.

En el rellano de la planta baja había un buzón, en el que no hubiera podido entrar carta alguna, y un timbre, al que ningún dedo humano hubiera podido arrancar un sonido. También había una tarjeta que exhibía el nombre de «James Dillingham Young».

El apellido Dillingham se había sostenido dignamente en el buzón durante un período de prosperidad ya pasado, cuando su dueño cobraba treinta dólares semanales. Ahora, reducidos los ingresos a veinte dólares, las letras de Dillingham aparecían borrosas, como si estuvieran pensando seriamente en resumirse en una modesta y discreta D.

Sin embargo, siempre que el señor James Dillingham Young volvía a casa y entraba en aquel piso, su mujer, a la que acabamos de presentaros como Della, lo recibía con un cariñoso

9

abrazo y le llamaba *Jim*. Y todo esto está muy bien.

Della dejó de llorar y se retocó las mejillas con un poco de maquillaje. Se acercó a la ventana y se quedó mirando con indiferencia el patio gris en el que un gato gris caminaba sobre una valla gris. Era la víspera de Navidad y sólo tenía un dólar con ochenta y siete centavos para comprarle un regalo a Jim. Durante meses había ahorrado cada moneda con gran esfuerzo y ése era el resultado. Con veinte dólares a la semana no se puede ir muy lejos. Los gastos habían sido mayores de lo que ella había calculado. Siempre lo son. Y tenía solamente un dólar con ochenta y siete centavos para comprar un regalo a Jim. A su Jim. Lo había pasado tan bien planeando comprar un regalo bonito para Jim..., algo exquisito, original y fino, algo que fuera digno de pertenecerle.

Entre las ventanas de la habitación, en la pared, había un espejo de cuerpo entero. Quizá hayáis visto alguna vez un espejo de éstos en un pisito de ocho dólares. Una persona muy delgada y ágil puede hacerse una idea bastante exacta de su aspecto si acierta a ver su reflejo en el cristal, en tiras longitudinales.

Della, que era muy esbelta, había llegado a ser una maestra en este arte.

Repentinamente apartó la vista de

la ventana y se plantó frente al espejo contemplando su imagen. Los ojos le brillaron chispeantes, pero su cara había perdido el color en cuestión de segundos. Rápidamente se soltó el pelo y lo dejó caer en toda su longitud.

Había dos cosas de las que los Dillingham se sentían extraordinariamente orgullosos. Una era el reloj de oro de Jim, que perteneció a su padre y a su abuelo. La otra era el pelo de Della.

Si la reina de Saba hubiera vivido en el apartamento de enfrente, Della se habría secado el pelo en la ventana para burlarse de las joyas y adornos de su majestad.

Si el portero de la casa hubiera sido el mismísimo rey Salomón, con todos sus tesoros apilados en el sótano, Jim habría consultado su reloj de oro cada vez que pasara por delante suyo, solamente por verle mesarse las barbas de envidia.

La preciosa cabellera de Della cayó sobre su cuerpo, cubriéndolo ondulada y brillante, y se deslizó hasta sus rodillas como una cascada de agua de color caoba, envolviéndola igual que un vestido. Luego, se la volvió a recoger con rapidez.

Por un momento vaciló y permaneció inmóvil mientras un par de lágrimas recorrían sus mejillas y salpicaban la gastada alfombra roja.

Después, decidida, se puso su vieja

chaqueta marrón; se puso su sombrero marrón y, con un revuelo de faldas y aquel destello fugaz todavía en sus ojos, abrió la puerta y se apresuró escaleras abajo hasta salir a la calle.

Tras caminar un rato, se paró frente a un cartel que decía: «Madame Sofronie. Artículos capilares de todo tipo». Della voló escaleras arriba. Se detuvo, jadeante, en el primer piso. Allí estaba *Madame:* era rechoncha, demasiado pálida y muy distante.

—¿Compraría usted mi pelo, señora? —preguntó.

—Sí, compro pelo, niña —respondió Madame Sofronie—. Anda, quítate ese sombrero y echemos una ojeada, a ver qué pinta tiene.

Della dejó caer su melena caoba.

—Veinte dólares —dijo Madame, levantando el cabello con mano experta.

—Démelos. Rápido —contestó Della.

Durante las dos horas siguientes, Della vagó como hipnotizada en alas

de la felicidad. Pero olvidemos esta tó-
pica metáfora y volvamos a la reali-
dad. Aquella tarde, Della recorrió todos los almacenes de la ciudad y los
registró uno por uno en busca del regalo de Jim.

Después de mucho andar, lo encon-
tró al fin. En cuanto lo vio supo que
estaba hecho para Jim, y para nadie
más. No había otro igual en ninguno
de los almacenes, de eso estaba bien
segura porque se los había recorrido

todos de arriba abajo. Era una cadena de platino de diseño sencillo y puro, que reflejaba perfectamente su valor por sí misma, sin necesidad de ornamentaciones engañosas (como deberían ser todas las cosas buenas). Era incluso más digna que el reloj. Apenas la divisó supo que debía ser para Jim. Era como él: equilibrada y valiosa. Sí, una descripción que se podía aplicar perfectamente a los dos. Le pidieron veintiún dólares, y regresó a casa deprisa con los ochenta y siete centavos sobrantes. Con semejante cadena en su reloj, Jim lo usaría siempre, se encontrara con quien se encontrara. Hasta entonces, aun llevando un magnífico reloj como el suyo, Jim a veces lo miraba a hurtadillas, avergonzado de la vieja correa de cuero que hacía las veces de cadena.

Cuando Della llegó a casa, su excitación cedió paso a la prudencia y al buen sentido. Sacó las tenacillas de rizar el pelo, encendió el fuego y se afanó en la labor de reparar los estragos que la generosidad y el amor habían causado, lo cual, queridos amigos, constituye siempre un trabajo considerable, un esfuerzo de titanes.

Al cabo de cuarenta minutos, su cabeza estaba cubierta de rizos diminutos y muy juntos que la asemejaban sorprendentemente a un colegial travieso. Se miró durante un buen rato en

el espejo, examinándose cuidadosa y críticamente.

«Si Jim no me mata», se dijo a sí misma, «cuando me mire por segunda vez dirá que parezco una corista de Coney Island. Pero, ¿qué podía..., qué podía hacer yo con un dólar y ochenta y siete centavos?»

A las siete en punto, el café estaba hecho y la sartén descansaba sobre el fogón, lista para freír las chuletas.

Jim nunca llegaba tarde. Della

apretó entre sus manos la cadena, y se sentó en el borde de la mesa, próxima a la puerta por la que él siempre entraba. Oyó sus pasos en la escalera y por un instante palideció. Acostumbraba a susurrar pequeñas oraciones por las cosas más triviales de la vida diaria. Entonces musitó: «Dios mío, por favor, haz que siga encontrándome atractiva».

Se abrió la puerta. Jim entró y la cerró. Parecía cansado y estaba muy

serio. Pobre Jim. Sólo tenía veintidós años y ya cargaba con una familia. Necesitaba un abrigo nuevo, y unos guantes...

Jim se quedó parado en la puerta, tan quieto como un perro de muestra cuando olfatea a la perdiz. Clavó sus ojos en Della, y había en ellos una expresión que ella no pudo descifrar y que la aterrorizó. No era enfado, ni sorpresa, ni desaprobación, ni horror, ni ninguno de los sentimientos para los que se había estado preparando. Simplemente, se detuvo ante ella y la miró fijamente con aquella expresión tan peculiar en la cara.

Della rodeó la mesa y fue hacia él:

–Jim, querido –gritó–, no me mires de ese modo. Sí, me he cortado el pelo y lo he vendido porque no podía soportar la idea de pasar las Navidades sin hacerte un regalo. Pero mi pelo crecerá. ¿Verdad que no te importa? ¡Tuve que hacerlo! Mi pelo crecerá increíblemente deprisa. Dime ¡feliz Navidad!, Jim, y olvidémoslo. No puedes imaginarte qué maravilla de regalo te he comprado...

–¿Te has cortado el pelo? –preguntó Jim con voz entrecortada y como si todavía no hubiera asimilado lo evidente, incluso después de haber realizado un gran esfuerzo mental.

–Me lo he cortado y lo he vendido –dijo Della–. ¿Es que no te gusto también así? Soy yo misma, pero sin pelo, ¿o no?

Jim miró la habitación con curiosidad:

—¿Dices que ya no lo tienes? —preguntó con cara de idiota.

—No tienes que buscarlo. Lo vendí. Te lo he dicho. ¡Vendido y fuera! Es víspera de Navidad. Sé bueno conmigo. Lo hice por ti. Quizá los cabellos de mi cabeza se puedan contar —continuó Della mientras se volvía dulcemente hacia él con repentina seriedad—, pero nadie podría contar mi amor por ti. ¿Frío las chuletas, Jim?

Pasado el trance, Jim despertó a la normalidad y se abrazó fuertemente a su Della.

Pero dejémoslos solos por un momento. Seamos discretos y miremos en otra dirección. Ocho dólares semanales o un millón al año, ¿cuál es la diferencia? Un matemático o un sabio os darían la respuesta equivocada: los Reyes Magos repartían regalos valio-

sos, pero éste no estaba entre ellos. Eso ya lo veremos más adelante...

Jim sacó un paquete del bolsillo de su abrigo y lo dejó sobre la mesa.

–Por favor, Dell, no me malinterpretes –dijo Jim–. No creo que ningún corte de pelo o afeitado o champú pudiera hacer que mi chica me gustara menos. Pero cuando desenvuelvas este paquete, entenderás por qué me quedé paralizado antes.

Unos dedos blancos y ágiles rompieron precipitadamente el lazo y el papel; después, un grito de alegría, y, ¡ay!, se produjo un repentino cambio de humor, entre lágrimas y sollozos, que pedía de inmediato el abrazo confortador de aquel hombre enamorado.

Allí estaban las peinetas, el juego de peinetas con las que Della había soñado tanto tiempo, plantada frente a un escaparate de Broadway. Unas peinetas preciosas, de carey auténtico, con los bordes rematados de pedrería.

El adorno perfecto para colocarlo en su precioso pelo. Eran unas peinetas muy caras, lo sabía, y las había ansiado de corazón sin la menor esperanza de tenerlas. Y ahora eran suyas. Pero los bucles que tan codiciados adornos debían adornar, ya no existían.

Las apretó con fuerza contra su pecho. Por fin, pudo levantar los ojos, empañados por las lágrimas, y sonrió mientras susurraba: «Mi pelo crece muy deprisa, Jim».

Pero, al instante, Della saltó como un gato escaldado. ¡Jim no había visto todavía su precioso regalo! Se lo entregó con impaciencia. Allí, sobre su mano extendida, el precioso metal era un reflejo de su brillante y ardiente espíritu.

—¿Verdad que es elegante, Jim? Lo he buscado por todas las tiendas de la ciudad. Ahora tendrás que mirar el reloj cien veces al día. Vamos, dame tu reloj. Quiero ver cómo queda puesta.

En lugar de obedecerla, Jim se tumbó tranquilamente sobre el catre. Reposando la cabeza en sus manos, sonrió y dijo:

–Dell, cariño, olvidémonos por un momento de los regalos de Navidad. Son demasiado lujosos para lucirlos en este momento... He vendido el reloj para poder comprarte las peinetas..., y ahora, será mejor que prepares las chuletas...

Como todos sabéis, los Reyes Magos

eran unos hombres sabios –maravillo-
samente sabios– que llevaron regalos
al Niño Jesús en el pesebre. Fueron
ellos los que inventaron el arte de hacer regalos por Navidad. Siendo como
eran unos hombres sabios, no cabe
duda de que sus regalos también lo
eran, incluso ofrecían la posibilidad de
cambiarlos si se repetían.

He relatado a grandes rasgos la sen-
cilla historia de unos jovencitos atolon-
drados que sacrificaron el uno por el

otro los mayores tesoros que tenían en su casa. Pero a modo de despedida, permitidme decir a los sabios de hoy día que, de entre todos aquellos que hacen regalos, estos dos son los más sabios. Quienes dan y reciben regalos como ellos lo hicieron, son los más sabios. Ellos son los Reyes Magos.